Banana YOSHIMOTO
feat. Yoshitomo NARA

雏菊人生 Banana YOSHIMOTO
feat. Yoshitomo NARA

ひな菊の人生

［日］吉本芭娜娜 著
［日］奈良美智 绘

弭铁娟 译

上海译文出版社

图字：09－2010－505号

图书在版编目(CIP)数据

雏菊人生 /（日）吉本芭娜娜著；（日）奈良美智绘；弭铁娟译. —上海：上海译文出版社，2022.10（2025.11重印）
ISBN 978－7－5327－9157－6

Ⅰ.①雏… Ⅱ.①吉… ②奈… ③弭… Ⅲ.①短篇小说—日本—现代 Ⅳ.①I313.47

中国版本图书馆CIP数据核字（2022）第182574号

雏菊人生
［日］吉本芭娜娜 / 著 ［日］奈良美智 / 绘 弭铁娟 / 译
责任编辑 / 姚东敏 装帧设计 / 汐和 at compus studio

上海译文出版社有限公司出版、发行
网址：www.yiwen.com.cn
201101 上海市闵行区号景路159弄B座
浙江新华数码印务有限公司印刷

开本 787×1092 1/32 印张 4 插页 17 字数 31,000
2022年12月第1版 2025年11月第4次印刷
印数：12,001—14,000册

ISBN 978－7－5327－9157－6
定价：46.00元

夜笛——呼唤达丽亚的雏菊

最后一夜——床上的二人

关于达丽亚的梦，大致总是相同的。我觉得，与其说那是梦，不如说是我们以某种形式超越时间和空间，回到了从前，又变回到小时候的样子，一起度过了某个夜晚。毫无疑问，这样的情形，如果不是梦的话，是绝对无法实现的。

我总是在青草和树木的薰香中，一边看书，一边感知外部的世界。鸟发出动听的鸣叫，阳光照在书上，纸张发出好闻的香味。

读书

炒面

雨天

妈妈的灵魂

我是知道的。而且，我还知道就在我渐渐从身体里飞出去的时候，妈妈用了一种莫名的力量生生地把我按压了回来。那是一种想象不出的惊人的力量，是人类特别是女人所不可能拥有的力量。

酒瓶兰

如果这样的光景永远持续下去该多好啊，那样对于我来说，什锦炒面也就不会那样令人厌腻了。我们俩就在这条住宅街上一起长大，一起变老。即使两个人都有了孩子，也还是这么亲密无间，虽然达丽亚只比我大那么一点点。

达丽亚和雏菊

梦一

回到现实中时，我的心还怦怦地跳着，我在黑暗中调整着呼吸，蜡烛已经熄灭，空气中弥漫着一股烛灰的味道。我想就这样醒着待一会儿，实在不想再回到那个梦中。

淋雨

在桌边

“他在小学的时候，从楼梯上摔了下来，从此脖子就有了问题，经常脖子疼，两年至少有一回左右吧。不是睡落了枕，就是摔倒被别人家的栅栏扎伤；有一次脖子上长了东西不得不做手术，还有一次是被狗咬伤了后颈，还有更离奇的一次，他戴着围巾走在路上，围巾被车卷住勒住了脖子，差点儿被勒死。真是大难不死啊！大家常开玩笑称他的脖子为‘被诅咒的脖子’。”

ひな菊の人生

飘浮在宇宙中的小箱子

目次 — contents

梦——悬崖上的屋子

常常有这样的时候，无论多么不可思议的事，一旦融入过于平淡的日常生活，也会觉得无足轻重，甚至懒得去多想。比如，一边看着电视，一边随意地用扑克牌算卦，几次总是出现同一张牌；或者散步的时候，接连三次看到破碎的镜子。大概就属于这样的情形吧。

自从我和童年好友——一个叫达丽亚[1]的女孩儿在十一岁那年分别以后，一直以来，我几乎每年都至少梦到她一次。她和再婚的妈妈一起去了巴西，我们之间早已中断了书信往来，也没有电话联系。我却不断地梦到她，而且总是相同的梦。尽管对于达丽亚早已没有了那种强烈的依恋，可是每当我梦到她时，依然感到安心。因为梦里的氛围是那样的幸福无比，使我从内心深处感觉到达丽亚正在遥远的某个地方幸福地生活着。对于我来说，能让我这样牵挂惦念的人再没有第二个了。所以，当心中被这种感情温暖充溢着的时候，足以让我感到幸福。

关于达丽亚的梦，大致总是相同的。我觉得，与其说那是梦，不如说是我们以某种形式超越时间和空间，回到了从前，又变回到小时候的样子，一起度过了某个夜晚。毫无疑问，这样的情形，如果不是梦的话，是绝对无法实现的。

在梦中，我依然住在童年曾经住过的姨夫家。现在，那

1　此处采取音译，这是日本较为普遍的女孩名。原文是ダリア，在日语中也有一种植物名——“大丽花”的意思。

排房子早就拆掉了。那个时候，房子后面有一片树林，晚上，我常常跑去找住在林子另一头的达丽亚，把她叫出来，在林子里见面。

即使仅仅是过去时光的重现，因为是梦，在梦里，人的感受性会变得更加强烈敏锐，所以无论是声音，还是色彩，以及情感方面，震撼的力量要比现实中的回忆高出百倍。

在那些梦里，我总能闻到枯叶的味道。总是在夜晚，泥土和着秋风的薰香，干爽的空气，落叶铺就的地毯，我站在那里。周围月光朦胧，街灯星星点点地矗立着，只有那里发出一些强烈的光。星星像宝石一样闪烁。随着吹过的秋风，枯叶发出微妙的、隐隐约约的沙沙声响，仿佛在水中流动一样，飞舞在地面上和半空中。

那时我还是个孩子，而且是寄人篱下。在姨妈姨夫不在家的时候，我克制着不让自己使用家里的电话。因为我知道，如果在一件事上放任自己的话，那么这种恃宠撒娇的欲念就会冲破身体，不断释放出来，在被其吞噬的同时，我也会失去自己全部珍而重之的东西。那时，虽然我还小，但已经懂得这个道理。

所以，在叫达丽亚的时候，我总是用我们小学里使用的一种竖笛。

我吹起笛子，那质朴的音色仿佛是踏在枯叶上的足音，一步一步地走向达丽亚，传到她的耳朵里。夜晚，孩子们一般是不会外出的，达丽亚总是在听到笛音后立刻赶过来。

当笛音在林子的树与树之间流淌的时候，我终于明白为什么音符要那样标记在五线谱上了。我想人们之所以发明乐器，大概就是为了让音和心完美地统为一体吧，我觉得和我的声音比，笛音仿佛更富有生命力。

达丽亚还是童年时的样子，晒得黑黑的，脸上挂着笑，脚下踢着枯叶猛跑过来。一看到那个身影，我的心中就充满一种幸福感。

一般我们在林子里玩上一会儿后，不是到达丽亚妈妈经营的小酒吧去玩，就是去姨妈姨夫经营的什锦煎饼店消磨晚上这段时光。只要我们两个人一起去，就不会挨骂。和大人们待在一起，对于我们这样两个特殊的孩子来说，比较容易挨过这漫长而无聊的夜晚。

在我那不算美好的童年时代，唯一快乐的记忆就是达丽亚了。定期做的那个梦，就像我唯一的一本影集。

然而，有一天，就是在我二十五岁生日过后几个月的一天早上，我突然意识到，我已经好久没有再做达丽亚的梦了。

我怅然若失，心想，也许二十五岁就是大人了吧？或许人到了这个年龄，才能把脑子里的一些东西转换掉，把童年时一些依恋着的东西彻底割断吧？然而，那个梦曾经是我的欢乐所在，一想到少了它，内心里竟生出些许沮丧来。

那天下午，我忙得连休息的时间都没有，一直在不停地做着什锦炒面。

因为做什锦煎饼很花时间，所以我们店里在午餐时间一般是不卖什锦煎饼的，只卖什锦炒面，而且大部分时间是我负责卖午餐。我常常觉得不可思议：怎么中午会有那么多人要吃什锦炒面啊？

我们店里正中央有一块大铁板，围着铁板是一圈客席。客人点菜，我们做好后直接端到客人面前。也就是说，客人们坐在座位上就能看到我做什锦炒面的全过程。刚开始时，我特别紧张。而今即使有什么失误，自己也能装着若无其事地遮掩过去了。有一次因为想事儿，忘了放油就直接把材料倒在铁板上炒了起来。发现后，我若无其事地在旁边倒上油，装着热油的样子遮掩了过去。秘诀当然就是不露声色。因为整天做什锦炒面，做得太多了，所以无论肚子有多饿，我也决不想吃什锦炒面。我已经见到了我一辈子都吃不完的什锦炒面。用眼睛感觉着那个味道就已经腻了。

尽管如此，我却干得非常开心，因为午餐时经常会来一些晚上在我们这样的店里很难见到的客人。有独自一人从中午就开始喝起啤酒的大叔，有饕餮能吃的公司白领小姐，有住在附近的家庭主妇，以及带着幼儿的年轻妈妈。这些不同的人们，都吃着同一种东西，而且是一种叫作“什锦炒面”的独特的东西，他们并排坐在那里狼吞虎咽的样子，实在是有趣。

午餐过后，我们把“准备中”的牌子挂在门口，客人慢慢走光了，大家开始分工搞清扫，然后，打零工的大学生也走了，店里终于安静下来。刚才那喧嚣热闹的余韵和着什锦炒面的味道，仍飘荡在小店的空气中。

在小店的一角，我拿出一个豆沙馅儿面包，刚要吃，姨妈来到我身边。她好像从来没有吃腻过什锦炒面。在给客人做什锦炒面时，也把自己那份做好端了过来。我从没想到有谁能像姨妈那样把什锦炒面吃得如此津津有味。我注意观察过姨妈做的什锦炒面，就像看插花一样，姨妈做的什锦炒面比我做的看上去要湿润鲜亮得多。

我很早就离开了姨妈和姨夫家，但是到升入高中为止，我是一直和姨妈他们生活在一起的。虽然是这样，却从来没有单独和姨妈一起聊过天。姨妈是我死去的妈妈的妹妹，但是她和妈妈长得一点儿也不像。有的时候，当姨妈和我一起在厨房里，姨妈站在我背后干着活儿的时候，我会有一种错觉，仿佛是和妈妈在一起干活儿似的。然而，当听到她说话的声音和看到她的身影时，才知道不是那么回事。不可思议的是，她不出声时的样子，和妈妈是那么的相像。

我们两个默不作声地吃完各自的午饭，一起看了会儿电视。下午，玻璃窗外的街道上，不时有行人通过。

“姨妈，你有过这样的经验吗？经常做的梦，突然间不做了，心里会感到很不安？”

我一边沏着茶，一边问姨妈。

“我从不信那些东西，都是迷信、骗人的。不是吗？”姨妈说。

“姨妈一般都做什么样的梦呢？”我怀着好奇问道。

“梦嘛，总是自由的。有时会梦见麒麟呀、安康鱼呀什么的。有时也会梦见那个叫作什么……帝国大厦的。还有恋爱。”

“是吗？”

“人的心啊，深不可测呢。白天想都没想过的事，晚上竟会在梦里出现呢。”姨妈说道。

“是啊。”我脸上装着平静，内心里却暗暗觉得好笑。心想这世界可真是百人百样啊。本来想再详细问问的，但想必再问也还是一样的结果，便打住了。电视里正播放着“广角镜”节目，电视机的音量被调得很小。天空阴沉沉的，暗灰色的云在天空中无边无际地蔓延开去。

“好像要下雨了，出门时最好带上伞。”姨妈叮嘱我。

那天晚上，在梦的开始处，我又闻到了枯叶的味道，感觉到了飒爽的秋风。啊！太好了，又是达丽亚的梦！然而，我刚刚想到这里，接下来让我吃惊的却是，那是一个完全不同的梦！

那个屋子是一幢别墅一样的建筑，建在一座山的半山腰，从那里可以看到海。屋子的后面是刀切一样陡峭的悬崖。门就设在悬崖那一边，门两侧的窗户都被大山遮挡住，斜面的岩石呈现暗灰色，岩石被锈迹斑斑的金属网罩着，以免垮塌下来。

进了门，正面是一张很大的桌子，桌面是用一块能够看到木纹纹路的巨大原木板切割成的，很厚很结实，看上去足够十个人一起在上面用餐。桌子的后面是一个很陡的楼梯，与那张桌子的厚重感相反，那个楼梯像一架梯子一样单薄狭窄。从楼梯处再往里，是一个暖炉。那个暖炉好像很长时间没用了，炉里积满了木头和纸屑燃烧后留下的灰烬和残渣。暖炉上放着一摞旧杂志。

顺着陡直狭窄的楼梯上到二楼，二楼的房顶是斜的。有一个空若废墟的木板房。在走廊的一侧有一个小门，我以为是储藏室，推开一看，原来是一个小房间，一张小床把房间占得满满的。走廊的尽头，是一个宽大的阳台。在阳台下面很深、很远的地方，可以看到闪着暗灰色光芒的大海和海湾。

我置身于那个昏暗的被弃置的屋子里，在暮色中徘徊。屋里再没有其他人。我实在搞不清楚自己为什么会在那里。灰尘、霉斑、旧纸的味道令我头昏脑涨。房间的角落到处是蜘蛛网，地板很脏，脚掌踩得黑漆漆的。我想快点儿出去，同时又想知道为什么自己会在这里。想打个电话，但是，几次拿起那个古老的黑色电话机的话筒放在耳边，都没有任何声音，只有那冰冷的感觉沁透耳朵。

在这个没有电的荒凉颓败的屋子里，月光终于照射进来，夜晚以惊人的速度迅速充满了整个房间。

我又脚步蹒跚地爬上二楼，站在阳台上凝视夜幕下的海。沿着海湾，街道和渔船的灯光像珍珠一样镶嵌在那里。我的长发被海风吹得凌乱飞卷，但我仍留恋地凝视着那些灯光，不想回到房间里去。我痴痴地想：在那有灯光的地方肯定有人家吧。晚上，人们下了班，一定在急匆匆地往家里赶吧。

然而我的心境距离那种氛围却是那么遥远。我觉得，不仅仅是外在环境，好像在所有的意义上，我都已经远远地离开了我原来所认识的人以及从小长大的街道。从未品尝过的一种孤独和月光一样，带着一种气息渗透我的全身。

结束了一天的工作，坐在公共汽车或电车上的人们，肯定也在望着同一片天空中的月亮吧？或者已经回到了家中，正准备吃晚饭。各种各样的店铺迎来了买卖兴隆的时刻。劳累了一天的人们终于可以放松下来，在这漫漫长夜就要开始时，人们举着今夜的第一杯酒，迎来这干杯的时刻……不用说，这是世界上无论走到哪里都能见到的风景。我想，如果我走过去，走到港湾那片明亮的地方，这风景也会在我面前展开吧。我惊讶地察觉到，在我的内心竟然沉睡着如此强烈的感情，对于那些陌生人的日常生活，我竟是如此的眷恋。

在我住的那条街道，肯定又到了一天中我最喜欢的时间。结束了昏昏欲睡的午休时间，天色渐渐暗下来，姨妈在店门口做着清扫，煎饼店又到了该挂帘营业的时间了。我在店里做着准备，擦好厨房用具，店里的灯亮起来，我兴奋地等待着老顾客到来时大声说“欢迎光临”的那一刻。我喜欢那一瞬的感觉。那是我唯一的家，是温暖和热闹的象征，是能够遇到我想见的人的地方。我好想回家！

大海只是远远地发出一闪一闪的光亮，却无法把那些活力带给我。我知道，我大概永远也无法从这个寂寞的屋子里走出去了。虽然没有什么好后悔的，但是一想到曾经在店里度过的那些美好的时光，内心里还是不免感到有些苦闷。我索性不想了，身上带着海风的味道，回到屋子里。走廊里也洒满了月光，银白色的月光把窗子的形状清楚地映刻在了冰冷的地板上，仿佛触手可摸。我走进小屋，天棚上储藏柜的门板松了，垂落在小床上方，毛毯、旧杂志之类的东西从里面掉下来。我随手把它们挪开，躺在了那张散发着霉味的床上，然后，强迫似的闭上了眼睛。

醒来时，已是泪流满面。仿佛依然感觉到月亮的光芒和潮水的味道包围着我的身体。

我的目光和窥视着我的高春的目光相遇，他说：

“好可怕啊！雏菊，你梦到什么了？”

“我梦见一个从未见过的家。”我回答。

“可是，你一直在喊‘尸体、尸体’。”

“什么尸体啊？梦里根本就没有啊。”

“真奇怪啊。你喊着，好像是被噩梦魇住了。”

“也许做了好几个梦吧。”我说。

到底是怎么了？我陷入沉思。那个梦我记得如此清晰。那个寂寞的屋子的影像、远处大海的色彩、暮色降临时天空的颜色……不是达丽亚的梦！难道是达丽亚发生了什么？我这样想着，却无法确认。新的一天又开始了，我想，至少今天我依然能够站在那块铁板前干活，这本身就足以让我感到幸运。

一直到做了这个梦，梦里让我品味了再也回不到从前那个地方的感觉，我才知道，在我的内心深处竟然有着如此强烈的对于人们那种日常生活的渴望。

寄居生活

梦的余韵还支配着身体，使我怎么也无法轻易地回到现实中来。喝着高春冲的咖啡，脑子里昏昏沉沉的。窗外阳光明媚。

我在高春这里寄居，是两个月前的事。那时，高春说夏天马上就要到了，他的空调却坏了，因此让我暂时免费住在他那里。

实际上是在我还没有找到新的住处前的那段时间，正好高春要去旅行。我答应在高春外出旅行期间，帮他装窗式冷气空调，帮他给植物浇水，帮他看家。大概有这三件事需要我帮他去做，所以我才能免费住在他那里的吧。

他父母家在离我们店不远的另一条街上，在那里，他们经营着一个食品调味料店，和我们家的店有生意往来。自从他去帮忙后，那个店逐渐变成了一个不仅经营日本国产的优质食材，而且也经营外国食材的漂亮小店。

很早前我就听说过他。虽然我们并不是从小一起长大的童年好友，和他认识也是在他负责经营小店后，但是，因为两个店之间你来我往，所以从一开始就一直觉得彼此是很好的朋友。当然，我们从来没有单独见过面。我没想到，我俩的关系而今变成了现在这个样子。

他的父亲是一个生性风雅、富有情趣的人，足迹踏遍了日本，他把在各地品尝过的最好的食材采购回来，摆在他们家的店里卖。他常年热衷于旅行，几乎很少回家。数年前，他的妻子，也就是高春的妈妈，和他离婚搬走了。听高春说，他也是厌烦了父母间的争吵，所以也从家里搬了出来。

在吃的方面，我不是一个特别讲究的人，更不会为了满足口福而费尽心机地去寻找订购食品，对于此道，我毫无兴趣。但问题是，如果不用他们店里卖的小虾和山芋的话，我们店做出来的煎饼和炒面的味道会大打折扣。我们曾经用附近超市买的材料和他们店里的材料做过多次对比试验，结果是屡试不爽。什锦炒面也好，调味汁也好，自从换上了他父亲给我们推荐的材料后，一下子变得大受欢迎。缘于这一点，他们店里的生意总是很好。现在，他父亲作为我们店的顾问，深得姨夫姨妈的信任。

一直想成为厨师的高春，对于世界各国的食品和调味料有着浓厚的兴趣。这次他本来打算用两三个月的时间，到意大利的各种店铺去看看的。但是不知怎么搞的，在出发的前一天，他和朋友们一起踢足球时，把脚趾踢骨折了，原来的计划只好拖延下来。

我觉得他在时我去住，会感到尴尬拘束，本来不想去麻烦他了。他却说，人遇到难处的时候，就该互相帮助，还是坚持要我去住。还说，脚好了后，如果时间允许，他还是要去旅行的，让我别介意。我不知道他是对我这个人感兴趣呢？还是因为我能为他带来一台窗式冷气空调？或者他本质上就是个好人呢？反正，至今我们在一个屋檐下生活，两人之间却相安无事，想必还是后面两个原因吧。

刚刚早上八点。自从和他一起生活后，让我感到最困扰的，就是他每天早上起得特别早。不过，这倒让我能够欣赏到清晨那些我从未见过的美丽光景。沐浴着早上那独特的透明的晨光，感受着时间的慢慢流淌，使我有了一种久违了的感觉。一直到去店里为止，我的心仿佛都被一种温柔的东西充溢着，其养分足以让我平静地度过一天。从高春房间的窗户可以看到外面的树，可以听到房东在庭院里扫地的声音。

姨夫家后面那片树林还在的时候，即使达丽亚走后，我也经常会到那里度过早上这段时光。有时买一个汉堡，坐在林子里的长椅上吃早餐。虽然长椅上很脏，常常看到蚂蚁、毛毛虫之类的，我却喜欢那里。

茂盛浓密的树冠遮天蔽日，阳光从树叶的空隙照到长椅上，随着风晃来晃去，有时甚至晃得有点令人厌烦。那里也确实只有在早上这段时间是非常安静的。我总是在青草和树木的薰香中，一边看书，一边感知外部的世界。鸟发出动听的鸣叫，阳光照在书上，纸张发出好闻的香味。这些好像都是我到了高春家后才开始感受到的。内心倒觉得充实起来，与过去那种下了班一直忙忙乱乱地熬到深夜，早上不愿起床相反，清晨让我感受到成长、包容，以及大自然赋予我内心的力量。沐浴着清晨的阳光，我仿佛整个身心都被洗涤了一样。

“对不起，我不知道该怎么说才好……”高春说。

“我知道，是房租的事吧？一开始我就说过，如果你不走了，我就应该交的。可是你说不要。”

先声夺人是寄居者的“杀手锏”。先把话说出来，接下来无非就是尽可能地保持低姿态，极其谦虚地像影子一样不去引人注目，无论对方为自己做了什么也不要多礼，自己为对方做什么也尽量不露声色。

“不是，是这样的，前女朋友去罗马学习烹饪要回国了，她说想在我这儿住一段时间。”看上去他真的是很为难的样子。

有意思的是，在那之前，我对他的人格从来没有过任何兴趣，然而那天看到他那副痛苦为难实在无法开口的样子，不知怎么，竟有点儿喜欢上他了。过去，我见过当有的老客户以味道不好为由，要中止和他们店的合同时，他据理力争的样子。现在他这副为难的样子让我知道，这件事，对他来说真的是一个意外，是他的人生观中绝对无法允许自己这样去做的一个意外。每个人虽然都有这样或那样的缺点，然而，看到眼前他那为难的样子，我一下子明白了，当初他收留我的目的，既不是我这个人本身，也不是什么窗式冷气空调，而是，他从本质上真的就是一个好人。

“知道了，我搬出去。她什么时候来？”

“下周三。”

“好的，下周三之前我一定搬出去。别在意，没关系。”

“一直都那么开心，总也找不到机会说。”他说。

我们有过什么特别开心的事情吗？我想着，却想不起来。

早就想去房地产中介那里说一声，让他们如果有了合适的房子告诉我。没想到这个时候终于来了。

有个男人在身边，深夜里也敢穿着睡衣到外面去买东西。另外，像换灯泡啊、组装柜子啊什么的，也不用自己一个人动手。现在回想起来，在这些事上能够有个依赖，的确是件令人开心的事。

我是那种不会未雨绸缪的人。比如店里忙得没有时间吃晚饭的时候，明明知道到了晚上肚子肯定会饿，但是在下班回家的路上也不会想到顺便买点儿东西带回来吃。总是在饿得睡不着的时候，突然爬起来，披上外套，走着去离家五分钟路程的拉面店吃拉面。

大概有三回吧，是高春和我一起去的。一路上没有什么话可说，沉默着走在夜深人静的路上。到了店里，两人总是点同一种酱油拉面吃。当我表示“我在料理店的工作需要接待客人，这个时间不能吃大蒜”时，往往没等我说完，高春就一声不吭地舀上满满一大勺蒜泥，放到我的碗里。于是，我趁他不注意的时候，也给他舀上一大勺。

平时接触的都是些有利害关系的人，总是保持着紧张感，虽然很快乐，但久了也会慢慢感到疲惫。姨妈姨夫是把我养大的亲人，但毕竟是店主，如果被他们知道我有什么难处，他们马上就会让我回去和他们一起住。所以我总是特别小心地隐藏着，不让他们发现自己的难处。在店里认识的人，总觉得他们终究是自己的客人，所以不知不觉地，还是习惯用敬语和他们说话。这样想来，在我的生活中，再没有第二个像达丽亚那样的好朋友了。

但是，高春呢，如果把他归类于我的一般社会关系中，他无非是一个和我们店有生意往来的年轻店长，在平时，我肯定会在他面前感到拘谨的。假如一开始就知道是合住的话，即使是让我白住，我也不会去的，事情发展中的一些节外生枝，形成了我们俩现在这样一种合住的局面，这是我始料未及的。我在和他的接触中尽可能地把握好分寸，平时尽量少打照面。虽然不想和他把关系发展得多么亲近，然而，也可能是在每天的接触中，精神慢慢放松下来的缘故吧，我一开始对寄居生活的那种紧张和自律竟慢慢地松懈了下来。

常常在夜里，两个人说笑着走在回家的路上。当时并不觉得怎样，而今回想起来却觉得很开心。然而，那样的日子终于还是结束了，当分别来临的时候，想起来的好像都是些快乐的事情。记忆总是被一种独特的光温暖着。我想，当我走向另一个世界的时候，能够带去的，不是我的肉体，也不是我的存款，而是这些温暖的回忆吧。如果能够拥有数百个这样的回忆，即使属于我的那个世界消失了也没什么。曾经在各种各样的地方生活过，有各种各样记忆的珠玉，只有我才能把这些记忆的珠玉串联起来，做成一条只属于我自己的项链。

以前，曾经和一个不太熟悉的同龄女孩合租过一套房，她支付的房租多一些。后来，那个女孩说她要结婚了，想让老公搬过来住。我很痛快地答应了。因为我的东西少，而她的东西实在是太多了。仅仅是在洗脸池上方的顶棚上，就有她的很大一笔“财产”。在厨房的橱柜里，属于我的地方空空荡荡，而她的那里却塞满了东西。来家里玩的朋友常常问我：为什么那样放碗碟？为什么不把那满满当当的碗橱里的碗和碟子放到空置的这边来？我偶尔也会瞟一眼她房间里的样子，在堆满了东西的屋子里，勉强能够有点活动的空间。搬家的话，这些东西往哪儿放？虽然我是一个旁观者，想想都觉得发愁。而且不管怎么说，我是单身，又没有那么多钱把整套房子全部租下来，所以，搬走的当然应该是我。我搬走后，腾出的屋子正好能放她老公的东西。我估计，现在他们家所有房间肯定早已堆满了东西。

虽然谈不上多亲密，但是毕竟有着三年一起生活的情分。一旦要搬出去了，还是觉得有些依依不舍。在临别前的那个晚上，她帮着我收拾东西。当把书和一些过季的衣服以及家具之类的送到姨夫家后，我的房间一下子变得特别空荡。她笑着说，房间空荡得简直有些可怕了，她都无法想象怎么在这样的房间里生活。

我们见过，当小仓鼠被放进一个笼子里后，它会把报纸啊、棉花之类的东西扯碎，极其迅速地在自己的周围做起一个窝来。我后来才想明白，那个女孩堆积那么多的东西，原来道理是一样的。

她说舍不得我走，给我做了我喜欢吃的煎鸡蛋，两个人喝着买来的便宜的智利葡萄酒。窗户敞着，能感觉到风从空空荡荡的房间里吹过，从房间里能够看到天空中闪烁的星星。唉，再也无法从这个窗口看星星了，我想，大概和这个女孩也很难有再见面的机会了吧？本来是连对方内裤的颜色，甚至来月经的日子都一清二楚的两个人，一下子将要形同陌路，想想都觉得不可思议。她寂寞的样子，也传染给了躺在冰冷的木板上的我，让我也变得心情沉郁起来。

对于我来说，空空荡荡的房间和冷冰冰的地板正是我这个人生活的象征。总是在不知不觉突然回过神来时，已经回到了这个家里。无论是从这里搬出去也好，还是搬进新房间也好，在搬家前后那段忙乱中，它能让我混乱的头脑一下子冷静下来，让我知道：哦，我还在这里。

被褥已经装了箱，我只好和她一起在她那张双人床上就寝。枕头附近摆满了各种各样的东西。为了不让自己在万一今后发生什么时事后懊悔，我还是决定把自己想说的话说出来："头的上方最好不要放东西，免得在发生地震时危险。"她张开嘴巴笑了，露出一口排列不齐却很可爱的牙："知道了。"说着伸出纤细可爱的手臂，关了电灯。房间里一下子变得寂静无声。对面可以看到我的房间，直到昨天我还一直住在那里。这时，她抽抽搭搭地哭起来，我握住她的手，心想，被赶出去的是我啊，怎么倒让我觉得自己好像成了一个将要离港远航的男人一样了呢?

一进房产中介公司的门，公司的大叔就说："来得太巧了。"虽说我是突然来访，依然可以从两方面理解他的话：一是说来得正是好时候；另一方面就是说来得不是时候，现在没有空房。也不知他指的是哪种。

不过我今天运气好。大叔说："在第四街的拐角处有个公寓，钢筋结构，建了有十五年了。因为再有两年要拆掉建新的，所以房租很便宜。公寓只有六个房间，已经全部住满了。这次是房东把原来用作事务所的房间空了出来。虽然户型不太好，但是你不过是夜里回来睡个觉而已，对吧？要不要去看看？”

我的心狂跳起来。总是这样，在有什么好事发生之前，我的心总会激烈地狂跳，身体好像要预演一下数小时之后才发生的事似的。我给店里的姨夫打了个电话，把事情跟他说了一下，决定马上就去看房子。

那个公寓很旧，墙壁上爬满了“爬山虎”。建筑有点欧洲风格。我一下就看中了那套房子。地板全是木质的，虽然有的地方被磨褪了色，有的地方翘了起来，但房间很宽敞。因为原来是事务所，整个屋子被打通，成了一个非常宽敞的大房间。壁橱也很大，大约有两张榻榻米左右，厕所和洗澡间只有一个挂帘。厨房小得像玩具。从窗户可以看到外面的街道和街灯。

“就是这里了。”我说。

也许是因为我定得太快了，反倒让中介大叔有点不知所措，他说：“什么家具也没有，厕所和洗澡间只有挂帘，朋友来时会很不方便吧。”

“我想办法在这里放个屏风。”我说。

很久没有一个人生活了，从此，我将在这里开始两年的独立生活，这让我有些兴奋愉悦。自从听到高春说在一起很快乐那句话以来，我的心情一直很沉郁。

“我已经找到房子了。”

晚上，我对下班回来的高春说。

“是吗？那以后再也听不到雏菊说‘你回来了’的声音了？”高春脸上流露出遗憾的表情。

“什么时候搬进去？”

“签了约马上就可以入住，住进去前，房东说需要请人先清扫一下。”

“搬家前一直住这儿吗？”

“嗯……还需要去搬一些家具，后天我就回我姨夫家住。”我说。

“我帮你捆绑行李吧？”

高春热情地说，大概是想回报我帮他安了窗式冷气空调吧。

“冷气空调你先用着吧。这次租的房间里有。”我说。

“你需要时，随时都可以拿走。那，我开车帮你搬吧？”

他到底是个好人。

“那，就拜托了。”

我说，适时地表示依赖，也是寄居生活中不可或缺的一部分。

“到时候给我打电话吧，我用店里的车帮你搬。”

“但是，”我脱口而出，“如果那样的话，别人会发现我们在交往呢。”

话一出口，我就想：坏了。我以为他可能至少会开句玩笑说：“我们在交往吗？”但是，高春什么也没说，而是沉默着。这可是不好的征兆。过去，我也有过几回在男孩家遇到尴尬的事。但是还从来没有过像现在这样发展到如此狼狈不堪的地步。

“你，怎么能存那么多钱呢？”高春终于开口说道。

“我哪里能存钱……不过是工资呗，而且也就是姨夫给开的那些，很低。因为一直都想自立生活，所以不得不学会节俭。”

“哦，是这样啊。那你有没有自己喜欢的东西？”

“做什锦煎饼和什锦炒面啊。还有，喜欢我们的煎饼店。”我说。

“原来如此，那你现在的工作可真是天赐良职啊。”

他说完就回自己的屋里去了。

确实让他说中了。

一直以来，我之所以或寄居在别人家，或借宿于朋友处，或者和别人一起合租房子，就是内心里还无法把姨夫和姨妈当成自己的父母来接受。虽然他们都是我非常喜爱的亲人，但是，我却无法以那种顺理成章的方式成为他们的养女。另外，我也不想把自己束缚起来。

十年来，我和这样那样的人一起合住，是因为我一直觉得，不管是工作还是所谓的家人，如果就这样一成不变地在这个圈子里生活下去的话，大概一辈子都不会有什么改变，至少我想通过这样的途径——不断改变住的地方，来了解我自己。想离开家却又没有钱，于是就选择了这样的生活。

虽然有学校，但学校和煎饼店不一样，在学校如果不每天认真努力的话，就会被老师训斥，而在那里却学不到能够让我从心底感动的东西。所以，我的目标就是混到高中毕业。我的学校就是我们的煎饼店，以及和我合住时见到的各种各样的人们。每次决定合住前所经历的过程都不一样，偶然因素占有很大的支配程度，就像玩游戏一样。在合住的过程中，不同的人总能引发出我不同的侧面，而让我感兴趣的正是自己这些新的不同的侧面。而且，我一直是那么寂寞，渴望和谁待在一起，渴望身边有人发出声音。

虽然姨夫姨妈非常爱我，但是他们两个有他们自己的生活，将来的事谁也无法预测。万一遇到什么意想不到的事，也许他们就无法让我继承他们的店。那样，我觉得我不如随时准备好能够主动离开这个店为好，到时候去一个自己喜欢的地方，以免给他们添麻烦。

这些，不知怎么，总觉得高春是能够明白的。

无花果的味道

我不喜欢梅雨季节。那淅淅沥沥的雨总是唤起我两个痛苦的回忆，一个是妈妈的死，一个是那场事故后我痛苦的康复。

那天，妈妈偶然地来小学接我放学，事故就发生在妈妈开车回家的路上。那时，妈妈还有妈妈的妹妹也就是我的姨妈以及姨夫一起经营的这个煎饼店刚刚开始营业不久。我没有父亲，母亲是个未婚妈妈，听说是个什么人的情人。那个身为我父亲的人好像并不知道我的存在，我是由妈妈和姨妈抚养大的。

店里总是很忙，人手不够，妈妈还要照顾我，所以她总是睡眠不足，一副疲惫的样子。那天妈妈开着车，我坐在后排座位上。

妈妈不管多累，即使自己偶尔发发疯想办法发泄一下，也绝不会冲我乱发脾气。她常常困倦得在哄我睡觉时，自己也不知不觉地一起进入了梦乡。每当我醒来时，总是能看到睡在身边的妈妈，长长的睫毛，身上没有盖被子，裙子的下摆卷缩上来，露出小腿。每次我把她叫醒后，妈妈总是一言不发地怔怔地在那里坐上一会儿，然后就又笑眯眯地开始干起活来。包括这些傻傻的样子，记忆中的妈妈就是这样一个可爱的女人。洗好晒干的衣服从来不叠整齐，总是乱乱地堆在一起。妈妈的衣服总有一股什锦煎饼的味道。零食也好，晚饭也好，永远都是什锦煎饼。不太讲究的生活却让我感到很快乐。就像幸福的梦境，家里好像永远都充满一种新生的活力，生机勃勃。

每当想起那些日子，就会感到妈妈和我生活过的那个屋子仿佛被一层温暖的橘黄色的光晕环绕着似的，充满幸福。

我总是等着妈妈结束煎饼店的工作，下班回家。肚里已经饥饿难忍，却坚持等着。有时也忍不住会偷偷地用开水冲碗方便面吃，至今还记得自己吃得很香的样子。有时看到妈妈累得连话都懒得说，但只要回到家看到我，那一瞬，就又高兴起来。我知道幼小的我是妈妈的力量的源泉，能够使她振作起来。对于她来说，我的存在不是累赘，而是她的需要，为了我，为了那快乐的一瞬，她起早贪黑地工作也心甘情愿。

那天，车刚刚开动就下起雨来。冰冷的雨点重重地砸在车上。梅雨季节阴沉的空气仿佛也要夹着雨从天上降落似的。那是个寂寥的傍晚，前方在视线中一点点地暗下来。道路飞快向后闪去，静静的，黑漆漆的。那讨厌的雨，我一辈子都无法忘记。简直不敢相信它和那清洁大地滋润万物的天赐恩泽是同一种物质。我睁大眼睛拼命向前看，却什么也看不见。四周好像被一层厚重的窗帘挡住，街道也完全被黑暗覆盖了一样，充满阴郁的气氛。

当我感到整个身心快被雨水的冰冷浸透的时候，困意一阵阵向我袭来。那种困意怎样形容呢？就像被一个重重的东西突然击中一样，我被袭来的困意彻底击垮了。听着车轮在水中飞驰的声音，我沉沉地睡着了。

妈妈为了躲避一辆迎面而来的自行车，车子一下子撞在了电线杆上。在那个瞬间，我并没有感到多么疼痛。然而，我被那强烈的冲击从熟睡中，也从平和的现实中撞了出来。

不知过了多久，周围的一切在我的眼里慢慢清晰起来。我被甩到了车外，雨水打在我小小的手掌上。旁边躺着我的妈妈，她翻着白眼，口中吐着血和白沫，喉咙里发出风一样“嘶嘶”的声音。

至今我都忘不掉当时看到的那个情景和那时的心情。从那以后，我不管看什么，总感觉在其背后存在和那件事一样的冲击性的因素。无论多么平和的风景，都隐藏着和那件事一样的脆弱性。我觉得，我们之所以能够拥有美丽的容姿和随心的笑容，都是因为有神保佑的缘故。否则，很多事不会那样自然地存在。

正是在这种奇迹般的、温和美好的神的保护下，我们才能平安地生活在这个世界上。如果仅仅是因为偶尔超出那个保护而发生的意外，就去责备神，那是多么愚蠢。不是吗？毕竟还有那么多的生命都平安地活跃在这片土地上。

从此以后，我不管遇到什么样的事情，都不会再感到惊讶。像吃惊、不安、惊慌失措之类，这些可爱的表现早已离我远去。因为我亲眼目睹了挚爱的亲人在一瞬间阴阳两隔，生命不仅仅是从汽车上，而且也是从肉体上被撞击了出来。生命是那样柔弱、不堪一击，不管是谁，不管他平时怎样优秀强壮，当一个巨大的外力袭来的时候，也会在一瞬间变成那样。它让我明白了，在这个世界上有一种超出了人的想象的巨大的物理性的力量。虽然仅仅是一瞬间的变化，却让你再也回不到从前。

我痛苦难耐，再也无法睁开双眼。

我感觉到在我周围有很多声音，那些声音和味道围绕着我。让我吃惊的是，我的身体湿漉漉的，我迷迷糊糊地以为那是被雨水淋湿的，但那不是雨水，而是血！左大腿处热乎乎的，更不可思议的是，我感觉自己好像随着那不断流出的血慢慢地融化，被冲走了。好像自己从头的左侧飞出去了，不断被那巨大的力量裹挟着，好像再也无法待在身体里。就像是在有水流动着的游泳池里游泳一样，本来想逆流而上，身体却随着水流向相反的方向漂去，那种感觉很舒服。一开始，我想让身体向妈妈靠过去一点儿，但是无论怎样拼命地努力，身体却依然纹丝不动。当所有力气都耗尽的时候，我感到自己就像顺着水流漂走了。

那一刻，我是绝对没有睁开眼睛的，但却不知怎么，我看到妈妈抬起身子，靠了过来。妈妈的气息，瘦长的脸颊，白皙的手脚。总之，妈妈身上所有的要素一下子都迫近到我的身边。然后，一股轻柔的、无花果的清香——那是妈妈经常使用的一种香水，掺杂着湿漉漉的雨水的气味，隐隐约约地飘过来。确切地说，那香味就像旋律一样环绕着我。那一瞬，我幸福得仿佛置身于晴朗温暖的阳光中。那味道环抱着我，给我安慰。虽然那香味是那么微弱清淡，却能为我遮风挡雨，带给我从未有过的幸福和满足。

我好想睁开眼睛看看妈妈。甚至想从自己的身体中挣脱出来，因为我知道，只有这样才能获得自由。妈妈那受伤的身体让我感到害怕，我想我的身体肯定也是那样的吧。

这时，有一种可怕的就像大黑猩猩一样的力量按压过来——虽然我从来没有被大黑猩猩按压过。但不管怎么说，那是一种除此之外再也想象不出的巨大力量，妈妈开始按压我的头。疼啊！疼！妈妈！别压了，疼死了！我叫着。然而妈妈的手毫不留情，一点儿也没有放松。虽然看不到妈妈的身影，但毫无疑问那是妈妈的手。我知道，正在用尽全部力气按压着我的头的那双手就是妈妈的。那种用力的程度，除了能想到有什么深仇大恨外，无法想象别的。我哭叫着，昏了过去。

当我睁开眼睛的时候，我正躺在医院里，刚刚做完手术，把臀部的肌肉移植到了大腿的伤处，那里的伤痕至今还在。

妈妈死了。

我是知道的。而且，我还知道就在我渐渐从身体里飞出去的时候，妈妈用了一种莫名的力量生生地把我按压了回来。那是一种想象不出的惊人的力量，是人类特别是女人所不可能拥有的力量。那力量是那么强大，那么野蛮，让我感觉自己仿佛会被按死似的。但实际上，因为当时无论是我的身体，还是妈妈的，都是处于不能动弹的状态。所以，那是现实中不可能有的。然而那样的疼痛，我从来没有经历过。从那种疼痛中所感受到的爱，令我永远无法忘记。

妈妈走后，每当我痛苦难耐的时候，总会想起那双吱吱嘎嘎拼命按压着我的手掌，那双白皙的手总是浮现在黑暗中，闪着耀眼的光，一丝不苟地守护着我的生命。手指甲剪得很短很整齐，手上戴着那只镶有石榴石的戒指，闪着光。当那只手狂暴地把我拼命按回身体里时，她是那么无情，那么不管不顾充满暴力，让我反而感到那不是梦。如果没有那惊人的力量，我大概早就死了。

后来我才知道，妈妈的香水好像是谁从法国带给她的礼物。之后，我一直都在寻找那种香水，然而很多年过去了却一直没有找到。最近，偶尔路过一家新开张的店，顺便拐了进去，无意中看到一只熟悉的瓶子，觉得在哪儿见过，随手拿过来，那熟悉的香味瞬时扑鼻而来。店员说这种香水的制造商最近才开始在日本销售，但在法国，这种香水很早以前就很有名了。一边说着，一边往我的手腕内侧喷了一点儿。

相隔二十年，我终于又一次被妈妈的味道所环抱，我顿时痛哭失声。店员知道了事情的原委后不断安慰我。最终，我买走了那款香水。

再生

为了整理搬家的东西，我暂时住回了姨夫家，却觉得特别不习惯。很多人在离家多年后初次探亲回家时都会有一种不习惯的感觉，然而我的这种感觉可以说是他们的几十倍。因为煎饼店是交替出勤制，所以，一天中我好像总是和相同的人待在一起似的。

睡在小时候睡过的房间里，早上醒来，竟有一种异样的感觉。睡在小小的单人床上，因为长度不够，脚悬空出来，房顶还是那个样子，小时候胡乱贴过的贴纸的痕迹还残留在那里。

早上睁开眼睛，竟搞不清楚自己有多大了。

这是我一直住到十五岁的房间，里面存放着我喜欢的衣服。每当我搬家时，每当季节变化需要换季的衣服时，我就会回到这里来取，妈妈的遗物也都在这里。再过几年，我想找一个固定的住处，然后把所有的东西都搬到自己的房子里去。毕竟，寄居这种生活不可能一直持续到老。

以前从这个房间的窗口看出去，可以看到一片树林，浓郁的树木的味道会从窗口飘进来。而今，从这里只能看到住宅街区，还有几棵残留的大树，树枝高高地向天空伸展。

窗子外面的时间在流逝，而窗子里面的时间仿佛停滞了一样。回顾自己走过的路，虽然坎坎坷坷，但最终总会有一种峰回路转、“车到山前必有路”的感觉。有一些东西，该留下的却消失了。就像窗外的那片树林，本来应该一成不变地存在，而今却无影无踪。而诸如我的玩具箱、旧杂志之类本该丢弃的东西，却完好无缺地存留了下来，这是我没有想到的。

年幼的我更加万万没有想到的是，妈妈的死完全改变了我的人生。内心深处的某个角落，始终无法接受这个现实，对于另一种人生，我依然在梦想着，等待着，甚至演绎着。一直幻想着，也许某一天当我睁开眼睛，妈妈又回到了我的生活中。妈妈的死对我来说是那样的突然，那样冷酷，那样令人措手不及。

当你一旦决定要彻底接受一件事实的时候，你的内心对世界上所发生的一切就会比平时多出百倍的敏锐，而不会再麻木和封闭自己。

因为手术后的疼痛，我一直无法行走，即使是现在，当阴天下雨时，我的腿依然会隐隐作痛。当那种痛感一点一点地侵蚀着我的神经时，我仿佛又陷入那场事故的阴影中。

即使是这样，据说和大人比，幼小的我，身体的恢复已经算是比较快的了。医生说只要好好锻炼，身体很快就能恢复到原来的状态。那时年幼的我，虽然还无法用语言清晰地表达，可是我觉得，随着我的身体一点一点地恢复，我和妈妈的距离也越来越远了。常常在痛苦难耐时，把头埋在医院的白色枕头下面安慰自己："现在是特殊时期，什么都不要想。"当我一步一步回到活着的世界时，离这样的日子也越来越远了。但是如果就这样在医院住下去的话，妈妈留下的那点儿钱，付了医药费就会所剩无几。我知道，与妈妈不同，姨妈和姨夫开这个店仅仅是退休后的兴趣，而不需要以此来维持生计，他们在老家拥有土地，生活富裕。而作为单亲家庭中长大的我来说，从小就知道没有钱的滋味，所以成了一个格外会精打细算的孩子。

为了从这种矛盾的心情中解脱出来，我自己想出了一个办法，那就是睡觉。无论是护士来测体温，还是医生来查病房，或者姨妈姨夫来探视，我都闭着眼睛睡觉，下意识地睡。除了康复和检查时，我一直都在睡，医生担心地说："是不是精神上出了问题？"而我的身体在其他方面却恢复得越来越好。当我被深沉的睡眠环抱的时候，我知道，一旦从它的怀抱中挣脱出来，我的精神就彻底恢复了。或许是因为年纪还小吧，我并不像忧郁症患者那样断断续续地睡，而是自己仿佛真的被施了催眠术一样，睡得天昏地暗。

让我感到寂寞的是，当我皮肤上结的痂慢慢脱落的时候，当我身上那些瘆人的瘀青慢慢变浅的时候，我知道我离那场事故确实是越来越远了。我的身体违心地一天天好起来，这本身就说明，其实心也在离那场事故的现场越来越远，除此之外没有别的解释。早上起来，疼痛慢慢在减轻，感觉精神也多多少少一点点好起来，检查也越来越少。一开始的时候，我懵懵懂懂什么也不知道，昏睡中被推到这里那里，一天中被抽多少次血、要化验什么项目等等，告诉我多少次，我依然糊里糊涂。

我多么想触摸妈妈的躯体，即使浑身是血也没关系，即使是那恐怖的场面也没关系，我想见到我的妈妈。但是都逝去了，等在前面的只有新的生活。虽然内心对那种生活没有一点儿期待和向往，但是时光的流逝推着我不得不前行。

在医院，每天都有人死去，有人为死去的人哭泣。因为是急救医院，这方面比别的医院更突出。我目睹这一幕幕，感到意外的同时，也明白了“早早晚晚，每个人都会是这样的结局”。

人们都说我可怜，姨妈也总是对我说：“为什么让你遇到这样的事？可怜的孩子。”于是，我以为自己和别人家的孩子不一样，别人家的父母是不会死的，所以，当我知道了真相的时候，我感到愕然。我好像有点儿能够理解当初作为王子的释迦牟尼微服私访民间，第一次看到病人和死人时的感觉了。我一直以为只有自己很可怜，只有自己的父母不在了。然而，住院后我才发现，这里每分每秒，所有的人都在经历和我一样的遭遇。

开始还一直无法简单地接受妈妈的死，然而当我终于知道死对于每一个人来说是早早晚晚的事时，就释然了。而且我知道，妈妈早已在一个陌生的地方被烧却，骨灰也被埋在了一个我不熟悉的地方了。

出院后，我住回了姨妈姨夫家，那里依然保持着我原来住过的样子，小小的房间里，我的东西全部被搬了进来，妈妈的东西也被装在几个大纸箱里，放在了壁橱里，说是将来我想怎么处理都可以。这间被称作“我的房间”的屋子里，虽然摆放着我熟悉的布娃娃和课本等，我却一点儿也不习惯，就像一场噩梦。虽然姨妈姨夫对我非常好，但是，从那天起，我却一直想要逃离那个地方，因为那不是我的家。我喜欢煎饼店，因为店里留着妈妈的影子，我只要有时间就会到店里去帮忙，几乎很少一个人在房间里待着。

那段时间，我几乎是身在地狱。内心的悲伤压得我几乎要窒息，从店里回到房间，积压的眼泪一涌而出，就像咖啡从咖啡机里嘀嘀嗒嗒地滴落下来那样。我能感觉到泪水就像要溢出闸门的洪水在胸口积满，那些名为悲伤的东西，像鲜活浓稠的精子一样，如果不化作眼泪的形式被释放出来，就会在体内攻城略地、肆虐疯狂。唱歌也好，玩耍也好，吃东西也好，无论做什么，都无法排遣我对妈妈疯狂的思念。只有在哭过之后，才感觉到一点儿轻松，常常哭得几乎呕吐，然后抽泣着进入梦乡。

在我房间的窗台上，放着一盆妈妈精心养育的酒瓶兰，有一天，我突然发现酒瓶兰的叶子有些发黄干枯，随便接了些水倒在花盆里，花盆里顿时响起了泥土吸收水分时发出的“咕嘟咕嘟”的响声。不知怎么，我在那一刻一下子陷入了妈妈去世后最最黑暗的境地，我悲痛得无法自拔，一下子扑倒在床上，号啕大哭。

因为再也没有妈妈那双白皙的手来养育，所以酒瓶兰那生机勃勃的叶子才会变得枯黄。在那一瞬，我终于明白，无论时间怎样流逝，无论我怎样装着不去注意那盆酒瓶兰，无论我怎样等待那双浇花的手出现，妈妈都不会再回来了。

第二天早上，我红肿着双眼，把那些枯黄的叶子剪下来，酒瓶兰的形状一下子变得丑陋不堪，这是妈妈活着的时候绝对不可想象的。但是它却活着，和我一样。植物是毫无悲悯之心的，从某种意义上说，它总是能够优雅从容地用自己的生命彰示时间的推移。受其启发，我在那一刻仿佛懂得了怎样去适应未来的生活。在没有妈妈的世界，就像那株酒瓶兰一样，默默地活下去，等待水的浇灌。

那时候，我和达丽亚的友谊也迎来了黄金期。

在姨夫家后面有一片树林，树林的另一侧就是达丽亚的家。我的妈妈和达丽亚的妈妈关系一直都很好。达丽亚的父亲经常到海外出差，达丽亚的妈妈有了一个比她小的男朋友，因为那个人经常来，达丽亚好像不愿意待在家里，所以经常来我家玩。

妈妈死后，因为寂寞，我常常任性地不分早晚地把达丽亚叫出来，达丽亚无论是深更半夜，还是正吃着饭，只要我一叫，她都会马上跑过来。一天深夜，我实在忍不住，不由自主地拿起笛子轻轻地吹了几声，没想到达丽亚竟然听到了，而且跑了过来。比每次跑来得都快。她总是大大咧咧地走进我的房间，看到我在哭时，会大声训斥让我别哭。肚子饿了就自己打开姨夫家的冰箱随便找点吃的，有时就和我一起睡在我床上。一般在营业时间姨妈和姨夫都不会在家，所以我不去店里帮忙时，总是和达丽亚待在一起。达丽亚的大大咧咧比任何细致温柔的照顾都更能使我紧绷的身心轻松下来。

在学校，达丽亚却是一个出了名的怪人。踢老师，逃学，上课时不高兴了，背起书包就回家；书包经常乱丢，第二天早上要上学了，却想不起书包放在了什么地方；常记错上学的日子，星期天去了学校，然后再自作主张星期一给自己放假。她从来没有意识到自己做的这些有什么不好，却难为了老师们。她妈妈也从来没打算给她立个规矩约束一下。那时，她妈妈自己的恋爱呀、寻欢作乐呀、离婚呀等等，早已把她的精力占据得满满的了，哪里还顾得上达丽亚。当然，她妈妈对达丽亚的爱是不容置疑的，只是达丽亚的成长环境有些自由散漫罢了。

对于我来说，达丽亚的成长也好，在学校的评价也好，我都无所谓。因为，在妈妈死后，唯一能给我安慰的就是那个当我一吹响竖笛就会像忠实的小狗一样跑过来陪我的达丽亚。后来，我的心情慢慢好起来，渐渐适应了新的生活，就不好意思再去打扰达丽亚了。夜晚即使是再寂寞难挨，也不再轻易地叫达丽亚。只是，那支竖笛一直放在枕边，一想到只要我吹响它，那个性情温和的好朋友就会从黑暗中跑过来，我就能挨过那寂寞的长夜。

达丽亚来的时候，我们经常裹着被子聊天，有时学着做点儿吃的，有时彻夜收听收音机里的深夜节目，有时深夜去树林里探险，有时到她们家或我们家经营的店里去玩，探知大人的世界，因为注意力总是集中在眼前玩的事情上，便忘记了悲伤。

意识到失去了达丽亚，是因为那段令人难忘的时光，那种亲密是没有任何人可以分享和代替的。

有时想起达丽亚，我常常怅然，因为有着那样一双美丽的眼睛，那样活泼开朗的人，却再也见不到了。在店里也好，在学校也好，虽然我有过很多要好的朋友，但是再也没有像达丽亚那样亲密的。

有一天中午，我和达丽亚去树林中一起吃什锦炒面。我们铺上塑料布，点上蚊香，吃着姨妈让我们带来的中午卖剩下的什锦炒面。这是下午常有的情景。

那时，我已经听说了达丽亚的妈妈将要再婚并将迁往巴西了。

“即使我住在国外，一辈子再也吃不到什锦炒面，也不会忘记这个味道的，一听到什锦炒面，我肯定会马上想起这个味道。”达丽亚突然说。

“为什么？”

“因为太好吃了啊！如果你将来能继承那个店就好了，那样即使我变成了老太婆，只要那个店还在，我就能再吃到现在这种味道的什锦炒面。一说什锦炒面，脑子能够想到的，除了这个味道，再没有别的了。”

“如果是我做的话，不管怎样，味道都会有些不一样的。”我说。

因为我对什锦炒面早已厌烦，所以当看到达丽亚说得那么热切时，觉得很好玩。不知道她为什么那么激动。阳光被巨大的树冠遮挡住了，所以虽然是夏天，却很凉爽。我吃着味道一成不变的什锦炒面，面条已经凉了，而且有点儿坨，我一边慢慢吃着，一边想：下次店里不忙的时候，我一定要找个“练习做炒面”的借口，做好多好多什锦炒面，让达丽亚吃个够。

起风了，风吹打在裸露的腿上。远远地，不知谁家放的音乐隐隐约约地随风飘过来。

“我还记得你妈妈做的什锦炒面的味道。比姨妈放的调味汁稍微少一些，炒的方法也不一样，那味道仿佛现在还残留在嘴里。”

达丽亚说。她的脸蛋像小苹果一样泛着光泽，嘴巴里津津有味地咀嚼着。

如果这样的光景永远持续下去该多好啊，那样对于我来说，什锦炒面也就不会那样令人厌腻了。我们俩就在这条住宅街上一起长大，一起变老。即使两个人都有了孩子，也还是这么亲密无间，虽然达丽亚只比我大那么一点点。

办好了租房手续，随时就可以搬了。我先去看了那个将要有两年时间可以被称作“我的城堡”的房子，只带去了妈妈留下的酒瓶兰和那个古老的收录机。房间里阳光充沛，看样子，夏天一定会很热。虽然还没和电力公司签约，但是没想到空调居然能用，打开空调，满是尘土味道的冷气顿时充满了房间。地板上的尘土在阳光的映衬下，一闪一闪地泛着光。我打开收录机播放音乐，音质不太好，我却感到那音乐在这空空荡荡的房间里飘荡开来，充盈着我的身心。当那空旷的房间被音乐充满的一瞬间，我奇妙地感觉到，声音是那么大，那是再好的音响也发不出来的独特的声音，深深浸透我的心房。

搬家后，无论怎样的寂寞，无论怎样的贫穷拮据，在这一瞬间都忘却了。气氛发生了改变，音乐在我眼里幻化成一个全新生命的影像，那一刻，我觉得仿佛自己身上的细胞也随之更新了一样。

照片

梅雨季节再有几天就结束了。空气中散发着夏日特有的闷热。植物在梅雨期间吸收了充足的水分，蓬勃向上地长啊长。

晴朗的日子，阳光照射在柏油路上，仿佛燃烧的火焰。店门口无论泼多少水，一转眼的工夫就蒸发得无影无踪。

我喜欢夏日的煎饼店。店里铁板被烧得很热，人们不管不顾地把空调的冷气开到最大，铁板上不断地煎炒着。客人们大口地吃着东西，拼命地喝着啤酒。在人们的印象里，平时东京的白领们总是一副无精打采的样子，只有在这炎热的夏日才变得这样开朗活跃。我喜欢置身于这样的场面。煎饼店的大门敞着，那种活力和生气仿佛把黑夜深沉的空气赶走了。我快乐地想象着：过路的人们从外面看过来，肯定觉得这是一个多么快乐的小店啊。那种高亢激扬的气氛总是让我回味无穷。

搬家那天是个晴朗的日子，早上，高春开着他家店里的车来接我，车上印着他家店铺的名字，每一个字都硕大无比，样子实在难看。我利落地把行李装上车。姨夫就像是父亲嫉妒女婿把女儿带走一样，用那种嫉妒的目光，目送我们离开了家。

把家具和行李放好后，房间好像一下子变得陈旧而没有特色了。我突然又想让它变回原来空旷宽敞的样子，甚至真想把行李家具再搬回姨夫家。可是没有杯子就没法喝茶，没有毛巾就无法洗澡。我发现，所谓生活，其实就是使用东西。

高春看到了妈妈留下的那台收录机，走过去打开了录音机。

音质不清的音乐响起来，那种感觉和听CD时完全不同。让人仿佛回到了从前，想起和妈妈在一起的情景。从前妈妈也是这样，每次搬到新家，做的第一件事情，就是打开录音机。

烧开水的铁壶还没有拿出来，只好用锅烧了点儿开水沏上了茶。

“得买个电冰箱。”我说。

“我们家店里的那个送给你吧，店里买了一个新的。”高春说。

“就是那个巨大的家伙吗？算了吧，肯定很费电。”

“不是，是过去用来解冻的那个小的，比普通的冰箱还小呢。”

“那，我要。”我说。

接下来是一阵沉默，两个人都在玩味着这间房子带给我们的新感受。两个人在一起生活了那么久，而今却没有理由一直在一起生活下去了。一想到这儿，竟不觉生出些许寂寞来。这个时候的拘谨和惆怅，让我们俩不由自主都选择了沉默。只有音乐像照射进房间里的阳光一样，悠扬甜蜜地流淌开来。

这个世界上所有的事物都在不断变化着。当我一边看着电视，一边傻乎乎地咯咯笑时，再也不会有人在旁边叫“吵死了”。当我因为鼻子堵塞，睡觉打起呼噜时，再也不会有人因为忍无可忍而闯进屏风这边我的领地，硬生生把我的睡姿换个方向。这些流逝的岁月永远不会再来了。

在新房间里度过的第一个夜晚，街灯比我想象的亮得多，房间里仿佛被月光洒满了一样明亮。而且，我发现深夜里街上奔驰着的汽车的声音也比想象的吵得多。

也许当我慢慢习惯了新的房间，也就会习惯这些了。

为了给房间增加点儿气氛，我点亮了蜡烛，打开收音机，选择了一个古典音乐的频道。然后钻进了被窝，被子还没来得及晒，又硬又凉，后背隐隐作痛。

烛光中，酒瓶兰的影子映在房顶上，晃来晃去，纤细的叶子犹如人的头发，细细长长的。

我从搬家的兴奋中慢慢松弛下来，因为太疲惫，我很快就进入了梦乡。于是，那个梦又出现了。那个令我不愉快的梦！

我又是置身于那个建在悬崖上的屋子里。

月光疯狂地照射在房间里的每一个角落。

我走到阳台上去看海，果然，海是那么遥远，远处海港的灯光像一串珍珠，明亮的光映照在海面上。人们离这里的距离是那么遥远。我想“算了吧，该离开这里了”，然而我却不知道该去哪里。只是有一股比心如死灰还宁静的波浪从心底慢慢涌了上来。时间不会倒转，我想我应该迈向下一步。

这时，我想起了手腕的病痛。姨夫、姨妈、我，还有妈妈，大概都是因为一直以来做什锦炒面和什锦煎饼做得太多的缘故，大家都有手腕疼的毛病。贴膏药、扎针灸，都没有什么效果，有时疼得甚至想把手锯掉。但是，在梦中，那种疼痛一下子全消失了。

虽然有手腕的病痛，但我依然喜欢做什锦炒面，而且对于那个翻来覆去的翻炒动作，也从来没有厌烦过，好像从来没有兴味索然的时候。有时当听到客人点菜的一瞬，偶尔会觉得“唉，好麻烦”，但是一旦材料摆在面前，身体就会不由自主地快乐地跃动起来，我喜欢那种感觉。当煎饼店结束了一天的营业、关了电灯走出店门的那一瞬，当我抬头看到天上的星星、汗热的身体凉下来的那一刻，感觉就像刚刚经历了一场热闹的狂欢一样，我喜欢这样的感觉。煎饼店从来没有过清闲无客的时候，人们总是被门帘外明亮的灯光吸引着，在黑夜里一路走进来。我置身于那个店里，等待着顾客的光临，一想到这些就让我无比快乐。也喜欢看那些客人们，乐滋滋一副开心的样子。喜欢看他们在吃的时候脸上的表情和变化，打架生气也好，沉默也好，到了这里，表情都渐渐放松下来，恢复到那个人本来的样子。讨厌的家伙看上去更讨厌，厚颜无耻的家伙看上去更厚颜无耻。即使一开始没有任何表情的人，进到店里不久，表情也会变得像在家里一样了。一瞬间竟觉得这样的人生也不错啊！虽然每天的工作千篇一律，却从来不觉得烦闷无聊。

我来到了那个有着一张床的小房间。

这次，床上铺着一条雪白的床单。清洁整齐。我躺下来准备睡觉。

突然，顶棚上关得紧紧的橱柜门“啪”的一声开了，门一半斜吊在橱柜上，一半耷拉下来。从柜子里噼里啪啦掉下来好多东西。我吓了一跳，一下子从梦中醒来，回到了现实世界。

坐起来后，才发现我是在新的房间里。我从梦中惊醒时，眼的余光看到，屋子里真正掉下来的东西是照片。我不知道那是些什么照片，只是看到那是几张褪了色的照片掉在了地上。

回到现实中时，我的心还怦怦地跳着，我在黑暗中调整着呼吸，蜡烛已经熄灭，空气中弥漫着一股烛灰的味道。我想就这样醒着待一会儿，实在不想再回到那个梦中。

雨

那一天，好像又回到了梅雨季节似的，一整天都阴沉沉的。从早上开始，就是一副风雨欲来的样子。昨晚的梦就像一个解不开的谜，萦绕在我的心头。在那个梦中，很明显，我是下了死的决心的。在那个房间里，白色的床单、无处不在的孤独、对于人生很多侧面的留恋和不舍，仿佛都在暗示着我下了这一决定。就在那时，照片掉了下来。那照片，有什么含义呢?

我确信，达丽亚已经死了。毫无疑问，她已经死了。我知道我这样去想问题很荒唐，但是，我还是这样想：在这个世界上，达丽亚已经不在了。

傍晚，我在去煎饼店的路上拐进了一家书店，在书店里，我发现窗户的玻璃上朝外的一面突然布满了水滴。向外看去，地面已经湿了。像往常一样，那种不好的感觉又来了。腿上受过伤的地方又开始丝丝拉拉地疼起来。接下来，西面的天空中有一线微微明亮的地方，从那里开始不断发出骇人的闪电，一道闪电过后，马上就会传来一阵滚滚的雷声。我想在书店里等雷声停止后再走，一边看着雷电在天空中划出各种各样不可思议的图案，一边站着看起书来。天渐渐地黑了下来。冰冷的雨中，人们都低着头，加快脚步。我心里越来越郁闷……

走出书店时，我的手里多了两个沉甸甸的塑料袋，袋子里是十几本书和杂志。用来遮雨的是一把不大结实的一次性塑料伞，而且我脚上穿的是双凉鞋。尽管如此，如果是在平时，也不会觉得怎样。但是那天不知为什么，那场季节性的雨仿佛有一种看不见的强力，使我那本来不想消沉的心不由得抑郁沉闷下来。

我决定去坐出租车。虽然坐电车的话，只要一站地就到，但是从车站到煎饼店还要走很长一段路。来到站前的大街上，因为时间不好，出租车的候车处一辆出租车也没有。而那时我的鞋已经湿透，凉鞋里湿漉漉的袜子让我感觉从脚下升起一股寒气。为了不让伞上滴下的水淋湿塑料袋里的书，我拼命地把伞打得恰到好处。开来的出租车里都坐着人，漆黑的道路被水浸泡得发亮，信号灯映照在地面上，发出冰冷的光。十分钟过去了，手慢慢麻木了，人也变得越来越不耐烦，却不想离开那里。因为一旦走起来，被雨水浸透的袜子和鞋之间的水会被挤得发出“噗叽、噗叽”的响声，而且，走起来时，伞的摆动会把滴下来的水淋到书上，书就会变得皱皱巴巴的了。我恨不得光着身子赤着脚在雨中奔跑。管它呢，爱淋湿就淋湿吧。这样想着，我把伞收起来，扔到了一边，把塑料袋的口扎紧折好，抱在怀里。头发、脸、身体都被淋湿了，就像刚游完泳一样。但渐渐地习惯后，感觉倒也没有那么不好了。

而且，当我看着那条在雨水中黝黑发亮的柏油路时，与平时的忧郁心情不同，那一刻我竟然有了一种全新的感觉。

自己是幸运还是不幸，有没有家人，多大年龄，从哪里来，为什么会在这里等等，这一切仿佛都变得不那么重要了。心情很奇妙地明朗起来，说不上是孤单还是释然，那种感觉不知如何表现才好，仿佛有一种力量迸涌上来。也许是因为改变了住处，或者是因为内心里觉得达丽亚已经死了，一直以来让我放不下、让我惦记、让我紧张的东西消失了的缘故吧。

但是好像又不仅仅是这些原因，感觉中，那种能量仿佛是从一个什么地方，而且绝对是有那么一个地方迸涌而来的。那是一个在我生之前或者死之后，都永远存在的一个地方。那种感觉如此真切。自己是谁已经不重要，因为我终究会从这个世界上消失，现在仅仅是消失前存于这里而已。就像水滴顺着身体流淌，然后流向地面，终究会消失一样。

终于，湿漉漉的道路的尽头出现了一线亮光，就像在黑暗的山路荒野中，终于看到一户人家一样，伴随着那温暖的亮光，终于看到一辆空出租车开了过来。我坐上车向煎饼店飞驰而去。不可思议的是，内心里依然是那明快的感觉。

到了店里，姨妈看到浑身湿淋淋的我，吓了一跳。给我拿来一条干爽的毛巾，毛巾散发着姨妈常用的香水味。当我用它擦拭脸和脖颈时，姨妈的香水和我常用的香水味道混合在一起，变成一种无法形容的特别清丽的味道，又和新鲜的雨的气味交织在了一起。

“有你的包裹，我帮你拿回来了，就放在那边。”

姨妈一边忙着准备材料，一边告诉我说。

“知道了。”

我到里面的房间去拿围裙时，一眼看到那里放着一个大包裹。是从巴西寄来的航空挂号，邮寄人是达丽亚的妈妈。打开一看，里面有一个破破烂烂的纸袋，纸袋里装着许多照片。

谜终于解开了。

也许是被雨水淋了一场的缘故，我的鼻子变得异常敏感，当我打开纸袋的时候，不可思议的是，我又闻到了达丽亚的味道，有点儿像小狗的气味，又有点儿太阳的气味，那正是达丽亚的味道。突然间，想起来和达丽亚紧挨着睡在我床上时的情形，晚风吹过时的声音，星星闪烁的样子，甚至床罩的颜色花样，都一一浮现在眼前。

全部都是达丽亚的照片。既有陈旧褪色的破旧照片，也有最近新照的。有达丽亚小时候去上学时照的，也有和继父一起骑马照的，有站在外国的街道上照的，也有在海边拾贝壳时照的，有战战兢兢却满心欢喜地抱着刚出生不久的小弟弟照的，也有咧着大嘴哈哈大笑时照的，还有最近在店里帮忙做服务员时照的。细长的胳膊腿，瘦瘦的，黑黑的。

我知道这些照片正是那天我在梦里梦到过的那些从顶棚上掉下来的照片。那个梦是达丽亚传递给我的最后的信息。

除了照片，还有一封达丽亚的妈妈写的信。

达丽亚的妈妈写道：“达丽亚死得有些非同寻常，因为是在巴西，还好没有引起太多的关注，如果是在日本，肯定会引起人们的瞩目和议论吧。”

达丽亚的妈妈和她的丈夫在巴西经营一家日本料理店，因为来的大多是日本客人，经常说日语，所以他们的日语还都没有忘。即使是这样，她在使用“死”，和“死了”这些单词时，还是和日本人的用法有所不同。不过，我倒觉得，她使用这个词的方式和感觉，倒是很符合我这个失去了双亲的人。

当人们知道我既不记得父亲的模样，又在交通事故中失去了妈妈时，总是会说，真可怜啊。表情中透露着死这件事本身是那么稀奇少见的意味。但是，如果说遭遇灾难是比较罕见的话，那么死本身其实并不稀奇。达丽亚的妈妈写的“死”这个词，正包含了人们虽然有先后不同，但终会走向死亡这一点。这种表现安慰温暖着我，我想大概是南美的生活造就了这样的观念吧。

“那孩子，之前好像有预感似的。前些日子去旅行时，临出门前突然冒出一句：‘不知雏菊怎么样了？’然后到店里来，做了一份什锦炒面，说怎么也做不出原来的那种味道。走时把这个包裹交给了我，让我找一找雏菊的住址，说是想寄给你。但是，因为我一直忙于店里的生意，就把这事耽搁了下来，达丽亚死后才想起来。达丽亚除了你以外，好像也没有什么别的好朋友。所以，如果你不讨厌她的话，就请收下她给你的这些照片……”

那封信，还详细地写到了达丽亚的死。

暑假的时候，达丽亚带着弟弟比大家早走一步去了山上的别墅。那是达丽亚的继父用积蓄新买的别墅。建在山上，开车的话，很快就能到海边。别墅里配备着家具和暖炉。今年的暑期长假，全家人本来是准备在那里度过的。

前任房主把房子卖给他们的时候，那栋房子已经荒废很久了。所以达丽亚和妈妈用了半年时间收拾打扫，买齐了厨房器皿和卧室寝具，为夏天去那里度假做好了准备。

也许我梦里梦到的就是那个荒废很久的房子吧。

达丽亚在牵着弟弟的手过山上的公路时，被一辆车撞了一下。司机踩了急刹车，所以撞得不重，好像仅仅是蹭了一下达丽亚，达丽亚摔了一个屁股墩儿，后脑勺撞在了电线杆上。

司机下车确认了达丽亚没事后，便开车走了。达丽亚和弟弟回到别墅，吃了达丽亚做的什锦炒面。然后，达丽亚说有点头疼，想躺一会儿，上了二楼。就那样，到了晚上没有起来，到了半夜还没有起来。弟弟担心，上去看她，发现她已经死在了那张家中来客时才用的小床上。于是，弟弟一边哭一边打电话告诉了家里。

我知道那个家。

达丽亚在临死前一定也看到过那深灰色的海吧。

她睡在那张床上，一定也感觉到那硬硬的弹簧了吧。那个时候，达丽亚的胃里依然残留着什锦炒面，正像她说的，她在人生的最后吃的依然是什锦炒面。

每次当她吃什锦炒面的时候，她总是用她那纤细有力的手指托着我家店里的白盘子说：“即使是世界末日，只要我能吃到什锦炒面就好。”因为是达丽亚，所以即使身体再不舒服，她都固执地以为只要吃了什锦炒面就会好的，那天，她大概就是硬撑着做的什锦炒面吧。

我只是在那天晚上看到什锦炒面时，从心底里产生了一种厌恶，一边翻炒，一边把头扭向一边。这是我有生以来第一次这样做什锦炒面。

因为这件事给我的打击，那天晚上我的状态非常不好，工作时发着呆被烫伤。终于挨到了店里的工作结束，我一边收拾，一边对晚一些才来的姨夫说：

“姨夫，达丽亚死了。”

“什么？”

姨夫大吃一惊。

“好像是交通事故。”我说。

“我还清楚地记得她妈妈。是个豪爽的美人，在车站前经营一个小酒吧，那时你经常去她店里玩。那个女孩也经常来咱家店里，对吧？”

“是的。”

我跟姨夫说了达丽亚的死。

“的确，这样一种不明不白的死，让人惋惜，不过不知怎么，好像也能理解。因为在我的印象中，她们母女俩的面目和身世本来就有点说不清道不明的感觉。”

姨夫显然是在一边看电视，一边随便地评价着，然而不可思议的是，他用的词竟然那么贴切。达丽亚的家里几乎没有什么生活气氛，“离婚”也好，“移民”也好，这些词汇在我们看来，似乎感觉不到在她们的生活中有什么现实的意味。

“你也是，就住到家里来嘛，不要那么客气。”姨夫说。

“不了。工作的地方和家在一起，就没有紧张感了。”我说。

“这样的话，可别有一天别人把你给抢走了。”

“就那么简单的什锦煎饼和什锦炒面，谁来了都能学会的。”

我笑着说。心想原来姨夫是担心这个呀，真可爱。

“那可不一样，你可是咱们店的招牌呢。”姨夫说。

在店里，因为姨夫掌勺的资历最长，所以他的手掌都是黑的，而且手纹很粗。我也想拥有那样的一双手。其实，不是谁都能把什锦炒面和什锦煎饼做得那么好的，因为我正是在那双粗大手掌的养育下长大的，所以我知道，那是一双能够又快又好地做出美味什锦煎饼和什锦炒面的手。

“谁也不会抢的，也只有姨夫您把我当成店里的招牌了。”

我一边笑着，一边站了起来。

从店里回到家，当我去藏钥匙的地方取钥匙的时候，感觉到放钥匙的位置发生了一点儿微妙的变化。过去我经常是回到家后才发现钥匙忘在了店里，于是我把钥匙藏在家门口一个只有自己知道的地方。现在看来，今后我不能再这样藏了。

我担心有没有什么东西被偷，忐忑不安地打开家门。进了房间一看，好像没有什么特别的变化。打开灯，发现房间里增添了一些新东西。高春把冰箱搬来了，并且接上了电源。打开冰箱门一看，都是他们家店里卖的东西——冷冻的拉杂尼亚[1]、辣味腌鲑鱼、咸烹海苔酱、辣味腌鱿鱼等等，塞了满满一冰箱。

啊——我长长地出了一口气，把装着达丽亚照片的大信袋放在了床上。

于是，房间里多了两样新东西，我内心里也增加了两样东西——痛苦与欢乐。

雨，淅淅沥沥地下着，静静地滋润着这个世界。

1　一种意大利千层饼。

我想，其实谈不上什么可怜，那种死，既谈不上孤独，也称不上悲惨。虽然是因无知而耽误了治疗，但所有的人都将是同样的归途，所以也称不上特别。我小的时候，经常因为感冒发烧一个人昏睡在床上。但那时我并不觉得自己多么孤独，多么可怜，而且和有没有人疼爱也没有关系。虽然在我们班上也有很多孩子生病时能得到家长特别耐心细致的照料，但我并不羡慕他们，也不觉得那样就多么幸福。其实每一个人都一样，当死的时刻降临时，无非是身上插满管子，身体渗出体液，喉咙里发出奇怪的声音，最后是身体的终结。只不过对于达丽亚来说，这些都来得早了些而已。身边没有人也好，突然降临的意外让人震惊也好，那个时刻降临时，身体本身自然而然会领会和接受。

虽然是这样，但是一想到达丽亚在最后的那一刻，在孤寂的月光中，也许还在想着我时，我的心中还是忍不住隐隐作痛。雨的声音敲打得内心更是一阵阵发紧，仿佛是为了提醒我，重新唤起了我对梦里的那个家中的寂静、月光以及潮水的味道的记忆。雨不断地冲刷着柏油路，我仿佛也被雨水浸透了一样，挨着照片静静地躺到了床上。

脖子的故事

我从达丽亚的照片中，选了一张日期最近的贴在了墙上，聊作祭奠。达丽亚穿着围裙，站在店里笑着和客人们一起照的。

达丽亚的眉眼依然是我记忆中的那个样子，只是身体的其他部位变长变高了而已。在南美那明媚的阳光下哺育长大的达丽亚，皮肤和巴西人一样，呈现着健康漂亮的黑色。令我感慨的是，直到死，她竟依然那样的眷恋着什锦炒面。然而，看着达丽亚的那些照片，我觉得好像能够理解她了。

几乎每一张照片上都有一束阳光潜入进来。繁茂丛生的树林的颜色，黑夜那浓密的暗色，有些甚至令人感到窒息。

达丽亚的置身之处总是呈现着自然的荒蛮和色彩的跃动。在那里，人们的嘴巴除了吃什锦炒面和谈论死亡，大概再无别用。在这样的环境中，她内心的伤痛也好、悲哀也好，大概都无处诉说吧。

达丽亚和我一样，都是用花起的名，长大后又干着同样的工作。一想到她，我的心就会忍不住隐隐作痛。晚上，打开电灯，达丽亚的笑脸就会浮现在我的面前。我想，如果我们都长大成人后再相识，如果相距不是那么遥远，也许我们会一起开一家小店。然而，现在我们在无法看到对方生活的样子时，就被阴阳两隔。

我觉得自己好像有一半已经在不知不觉中消失了一样。

是怎样的因缘，让我们这两个有着相似命运的女孩相识，却被相隔在地球的两侧，而且一直到死，都在通过梦的方式交流着。这不是谁指定或恳求就能得到的。我觉得肯定是在某种无法计量的独特的力量作用下，才形成了这一切吧。也许有一天，当我临死的时候，我也会超越时空，去和达丽亚交流吧。虽然我们相互之间从来没有说出来过，但我们却好像有着那样的约定。那是两个年幼少女的灵魂在某个时刻的约定。

“谢谢你的冰箱。”

店里的海米快用完了，我去订货时，顺便向高春致谢。

“还有冰箱里的东西。也谢谢你了。”

高春解释说：像小偷一样，私自进入你的房间，真是对不起。因为都是生东西，怕坏了。

下午到傍晚这段时间，我俩都没什么事，于是决定一起去高春家店铺附近的一个小茶馆吃午餐，虽然早已过了午餐时间。

“这个咸煮金枪鱼肉很好吃。”

我叫了一份金枪鱼三明治后说。

“是从我们店里批发的。”

高春说。

“这条街尽在你家店的掌握了吧。”我说。

“哪里，还没到那个地步。”

高春一脸严肃地说道。还真想那样啊？我愕然，却没有说出口。

下午这段时光，让人不想说太多的话，感觉时间仿佛停滞了一样。每到这个时候，总让人不由自主地想从各种各样的事务中逃脱出来。

因为晚上还有店里的工作，无法到远一些的地方去，人好像完全被束缚住了似的，有一种压迫感，再加上中午忙碌的余韵还残留在身体里，让人感到懒洋洋的。如果天气好，还可以到公园散散步、看看鸟什么的。天阴沉沉的时候，哪里也不想去。我甚至感到，如果这样沉闷的气氛一直持续下去的话，我终究有一天会窒息。我不知道为什么自己会有着这样痛苦的时刻，就像屏住呼吸凝视着沙漏里的沙子慢慢落下，如果就这样重复下去，人生只能这样没有任何色彩地，日复一日地走向终点。我也无非就是除了睡觉以外，每天去煎饼店里，炒呀，炒呀，一直炒到死。

当夜色降临时，随着天空慢慢变成深蓝，我又会突然间从这种沉闷中醒过来，醒来后才发现，刚才好像一直在噩梦中一样。本来像我这样的年轻人，人生应该是丰富多彩的，然而我的人生却像是埋在海底沉船的残骸，不断被单调的海流冲刷着，沉浸在依恋着妈妈的梦中不愿醒来，每天在重复同样事情的过程中逐渐消失。

然而，那种一次次从梦中醒来时的感觉依然让我回味无穷。多少次这样重复着，每天回味着那种感觉，从不厌倦。有时觉得那种糟糕的心情无论如何都好不起来的时候，奇怪的是，随着夜幕的降临，在那深沉的力量作用下，白天的忧郁在瞬间又会烟消云散。

我想起高春曾经听到过我在梦里发出的“尸体”的喊声。于是，我把达丽亚的死告诉了高春。

“你觉得这是一种很不幸的死吗？”

高春既没有说“真不可思议啊”，也没有说“好可怜啊”或者“真悲惨啊”之类的话，而是这样问道。

“嗯，多少会这样想，毕竟是那样一种令人意想不到的死……”我回答。

“也因为，两个人都互相思念着，却一直没有见面。”我说。

高春沉默了片刻后，冷不防地说：

“在我的朋友中，有一个脖子有问题的家伙。”

我好像从来没有听高春像今天这样有条不紊地讲一个完整的故事。他虽然不是个沉默寡言的人，却很少和人长篇大论地说话。到现在为止，听到他最长的话，就是关于冰箱里那些食材的保质期限和烹饪方法的说明。

“他在小学的时候，从楼梯上摔了下来，从此脖子就有了问题，经常脖子疼，两年至少有一回左右吧。不是睡落了枕，就是摔倒被别人家的栅栏扎伤；有一次脖子上长了东西不得不做手术，还有一次是被狗咬伤了后颈，还有更离奇的一次，他戴着围巾走在路上，围巾被车卷住勒住了脖子，差点儿被勒死。真是大难不死啊！大家常开玩笑称他的脖子为‘被诅咒的脖子’。”

“不对吧，后来发生的这些纯粹就是事故嘛，跟脖子有没有问题根本没有关系。”

“真的，结果他去年终究还是死了。”

“是因为脖子吗？”

“是的。他去亲戚家玩，自己一个人去钓鱼，在海边摔倒了，从大堤上摔下去，脖子摔断了。告别仪式上，大家一副严肃的面孔，却相互议论着，一个说：‘到底还是死于脖子啊。’另一个就说：‘是啊，是啊，到底还是死于脖子。’说实在的，虽然有点儿不应该，当时我却绷不住偷偷笑了。”

“如果这是你编来想要安慰我的，很遗憾，这一点儿也安慰不了我。”我说。

“但是，我在他脖子发生两次意外事故之间的这段时间，见过他好多次呢。虽然觉得他也许终究有一天会因脖子死去，也知道他就是那样的命运，但还是希望能见到他，哪怕多见一次也好，因为每次相见毕竟有那么多快乐的回忆。其实，即使不是脖子的原因，人们也会因为心脏病啊、艾滋病啊，甚至自杀等等，终究还是会死的。但是只要多见一回，就多了一个可供回忆那个时刻的空间。那是每个人只有活着才能有的空间，如果不相见，这个世界就不会存在这样的空间，因为那是人们从无到有创造出来的东西。就像大坝、导弹，是人与人互相合作，在一无所有的基础上创造出来的。上帝也好，命运也好，虽然能通过脖子的事故，把他从我们这里夺走，但是那些快乐的时光是永远也夺不走的。我觉得这就是我们的胜利，虽然这种胜利并不一定非要分个谁胜谁负。但是我们能在告别仪式上笑出来，本身就说明快乐的记忆能让我们超越失去他的悲哀，我觉得这就挺好。那样的事故一次次出现，早已让人预感到不知什么时候他就会死于脖子的伤病，只是不知道死什么时候来临罢了。虽然最后终究还是死于脖子骨折，但我们不能因此就想：反正早晚都是死，还不如早点儿死了算了，还能少受些痛苦。”

“这些和我说的那些事有什么关联吗？”

“总觉得有些。”高春说。

“是吗？”

“因为能让你不断梦到的东西，该是怎样的深刻难忘啊。”

“也许吧。”我说。

“其实，我觉得无论是生还是死，与之相比，更重要的是尊严。不是吗？有时活着未必就好，而死也未必就一定是件悲惨的事。那些能够给彼此带来力量和支撑的回忆，并不是只有活着才能留下的。”

“是啊，我也是这样想的。但是不管怎么说，我和达丽亚是再也见不到了……可是，这不会是你编的故事吧？”

“跟你说了，不是。你怎么疑心那么重啊，等一下。”

说着，高春掏出手机，开始给谁拨电话。

“喂，有点事，麻烦你给我证明一下。关于阿俊的死，对，就是关于脖子的事，拜托了。”

说完以后，把手机递给了我。电话的另一端是一个完全陌生的男人。

“是真的，那个人是我们俩共同的朋友，脖子摔断死了。同样的事故反反复复经历了好几次。好像为此他还去神社驱过邪，但终究还是没管用。”

他向我说明。

我点着头挂了电话。

“我信了。”

说完我又加了一句：

“高春，你肯定会成为一个很棒的店长的。”

“是吗？”

他把我的话当了真，一副害羞的样子。这个话题实在是傻乎乎的，于是我赶快换了一个。

“你和女朋友怎么样了？”我问道。

“大概是太天作之合了，彼此反倒没有了激情。”高春说。

“这，是什么意思？”

“因为，她去罗马学了烹调，我现在研究着意大利料理的食材。你看，是不是无论从哪个角度看，我们都具备了结婚后两人一起经营食材店最好的条件？然而，我们俩以这个为前提交往着，却怎么也看不到将来，两人的交往好像总是没有进展。她住在罗马时，好像也没学什么东西，只是玩了。而且在那边时，好像身边也有别的男人。”

“哦？看来，真是岁月改变人啊。三明治我吃不完了，你吃一个吧。”我说。

内心有些欢喜，竭力控制着不表露在脸上。一直以来，我一心想的只是经营我们家的那个什锦煎饼店。因此从来没有觊觎过食材店夫人的位置。但将来的事谁知道呢，我今天依然要去店里挥汗工作。虽然达丽亚死了，生活却不得不继续。

“你没有撒盐吧？”高春问。

“没有。”

“那我就吃了。”

“说起来，你年纪轻轻，却这么早就想结婚求安定，这一点还真是与众不同呢。”我说。

“其实我本来也没有那样打算。只是，当初她说是为了将来帮我经营这个店才出国去学习的。”高春极力辩解。

“你自己不是也一直要去意大利考察食材吗？这不是明摆着吗？真笨！”

“是吗？”

“是啊！唉，都怨你讲的那个故事，不知怎么，我觉得自己的脖子也有点儿疼了。”

“我也是，不知怎么，每次一想起那个家伙来，我的脖子就一阵阵发冷，想围上点儿毛巾啊、围巾什么的。”

假如高春曾经是我的男友，假如后来我们又分了手，那么今天这次谈话在我们两个人的共同回忆中，或许可以以《脖子有伤病的人》为题记载下来吧。在我们俩从无到有的记忆空间里，那个脖子有伤病的人也好，达丽亚也好，都是同样存在的。不仅如此，妈妈也好，树林也好，什锦煎饼也好，什锦炒面也好，竖笛也好，甚至那个悬崖上的屋子，也都同样存在着。人生是多么不可预知的东西啊。在那个人的脖子一次次地遭遇事故的过程中，我的人生也只不过是那些多彩的戏剧人生中短暂的一瞬罢了。

天空在夕阳的映照下慢慢变成了红色。随着夜幕的降临，我的精神又开始振作起来。我凝视着夕阳从云缝中泄露出来的光线又照射到其他云团上的样子。夕阳渐渐变成了金黄色，洒满大地。潮湿的道路上反射着耀眼的光。树木在充足的雨露的滋润下，娇媚的绿色变得更加浓重。

我给达丽亚的妈妈写了回信，并附上了一张我最近的照片。那是我在店里工作时，客人帮我照的。

在照片上我写道：“我们俩一如朋友那般，过着相似的人生。”

一个夏日的午后，我来到郊外给妈妈扫墓。扫墓的过程很短，一会儿就结束了。还有时间，我来到了那片寂静无人的树林，很久没有这样在树林里散步了，置身于这片梦幻般的绿色中，突然，过去在树林里曾经有过的一切，好像又都浮现在眼前。树林比想象中的脏，各种虫子爬来爬去，潮湿的空气中散发着浓浓的青草味。因为怕被石头绊倒，不得不时常低下头看着脚下。偶尔抬起头，能从树杈间的空隙里看到淡淡的蓝色天空。阳光照射在褐色的土地上，闪烁着金色的斑纹。

“没错，就是这样的。”我自言自语地说。伸展疼痛的手臂，做了一个深呼吸。是的，就是这样的。在林子中散步时，总是低头看着脚下，小心别踩了虫子。总是能看到壁虎呀、蚯蚓呀、甲壳虫呀、蚂蚁之类的。我的小小脚丫和达丽亚的小小脚丫，孩子们的汗味，踩在草地上和枯叶上的触觉，踢着土奔跑的感觉，沐浴着阳光时的达丽亚的脸颊，全都在树林那无声的力量召唤下浮现出来。我为达丽亚流下了第一滴眼泪。

在我人生的箱子里，装满了我能够记起和想象的全部东西。即使没有给任何人看过，即使没有对任何人说过，即使我死了，而那个曾经拥有过的箱子是会留下来的。在宇宙中，那个箱子飘浮着，箱子盖上写着《雏菊人生》。

后　记

小时候，我和邻居家的贵美子真的曾经用竖笛互相召唤过。吹的曲子是《起锚》。每当我在窗边吹起这支曲子，贵美子马上就会从林荫对面的窗户里探出一张笑脸来。那情景是那么的幸福，至今仍深深镌刻在我的脑海里。

这篇小说，有别于我其他的作品。我觉得这主要应该归功于富有特色的插图，奈良美智先生画里的意境一直影响着我这部小说的创作。甚至可以说，这部小说是奈良先生和我一起写完的。在这里谢谢他给我的大力协助。

中岛英树先生的装帧设计，为我的作品增色不少。对此我深感荣幸，在此向他表示我的敬意和感谢。

另外，谨以此书献给ROCKIN'ON出版社的佐藤健先生，

没有他的鼓励和支持，就没有《雏菊人生》的出版。

吉本芭娜娜

文库版后记

很多东西只有事后才能明白。

1. 是奈良君高水平的绘画为我的作品增色添辉。

2. 达丽亚的原型是我很早以前见过的一个名叫千春的女孩，我很想念她，但我连千春姓什么也不知道。人生就是这样无奈。

3. 这部小说是我非常喜欢的作品。

所以，我很高兴能够出版这本书的文库版。感谢阅读。

2006 年冬

吉本芭娜娜

后 记

拿到芭娜娜的小说原稿后，我想象着各种场面所传达的意象，依此画了插图。我不知道在多大程度上贴近了芭娜娜脑子里的意象，但是我对于自己脑子里所浮现出来的东西是无限忠诚的。就我而言，这是第一次协同合作共同完成一部作品。记得我总是把刚画好的插图用电子邮件或者传真的方式发给芭娜娜。最后藉由中岛先生的版面设计，才得以出版存世。

在这本书的封面上，虽然印着《雏菊人生》这个题目，我却觉得应该是《雏菊和我的人生》。

谢谢你，芭娜娜。

这本书里的插图，献给所有活在这个世界上的雏菊和达丽亚。

2000年8月19日

多摩川烟火大会之夜

奈良美智